푸른사상
시선
43

기차 아래 사랑법

박 관 서 시집

푸른사상 시선 43

기차 아래 사랑법

인쇄 · 2014년 7월 25일 | 발행 · 2014년 7월 30일

지은이 · 박관서
펴낸이 · 한봉숙
펴낸곳 · 푸른사상
주간 · 맹문재 | 편집 · 서주연 | 교정 · 김소영

등록 · 1999년 7월 8일 제2-2876호
주소 · 서울시 중구 충무로 29(초동) 아시아미디어타워 502호
대표전화 · 02) 2268-8706(7) | 팩시밀리 · 02) 2268-8708
이메일 · prun21c@hanmail.net / prunsasang@naver.com
홈페이지 · http://www.prun21c.com

ISBN 979-11-308-0248-0 04810
ISBN 978-89-5640-765-4 04810 (세트)

값 8,000원

이 도서의 국립중앙도서관 출판시도서목록(CIP)은 서지정보유통지원시스템 홈페이지(http://seoji.nl.go.kr)와 국가자료공동목록시스템(http://www.nl.go.kr/kolisnet)에서 이용하실 수 있습니다. (CIP제어번호 : CIP2014022165)

기차 아래 사랑법

| 시인의 말 |

첫 시집을 낸 후로 십 수 년이 흘렀다.
시기를 놓친 탓이 컸지만
때때로 시(詩)가 보이지 않을 정도로
허기졌던 삶의 탓으로 돌려본다.
그리고 다시 중심을 본다.
발 딛고 선 철로변을 본다. 비루하나마
삶과 문학의 이름으로 내가 감당했던
슬픔도 그리움도 다 비운다.
바닥에서 다시 시작한다.

2014년 여름에

박관서

| 차례 |

제1부

제2부

제3부

제4부

제1부

선로변에서

눈을, 다시 뜰 때 있다.

이른 봄날 나른한 한낮을 골라 전철기 청소를 하러 간다. 양팔 곱게 벌린 철로와 철로를 칸칸이 이은 침목 위로 똠방똠방 건너간다. 발치 아래 자갈밭 사이에 한 뼘이나 될까, 샛노란 눈빛 달랑달랑 내밀고 있는 개불알꽃을 만난다. 가장 먼저 가장 낮은 곳에 서로 모여 피는 꽃, 면장갑에서 손을 꺼내어 가녀린 풀대와 똘망똘망한 눈망울들을 어르다 보면 낮은 하늘 가까운 소리들도 다 지워진다. 하늘하늘― 마음의 뼈들 다 녹아 발꿈치마저 훈훈해질 무렵에 문득, 등골이 서늘하다. 천둥 같은 기적이 덮쳐와 목덜미를 낚아채 선로 밖으로 동댕이친다. 삼백 킬로로 스쳐가는 고속열차를 따라 와르르르르, 무너져 내린다. 눈을 감고 눈을 본다. 환하다. 일거에 나를 비우고 다시, 눈뜰 때 있다. 선로변이다.

기차를 기다리며

멀리 불빛을 보네
외딴 전철기 막사에 앉아
오지 않는 기차를 기다리네
풀벌레 울음 가슴을 치네
에이 몹쓸 것, 뜯어내어
풀어주네 수풀 밭으로
낮에는 소주를 마셨네
작업복에 담겨 평생을
철길 아래 침목으로 누워
기차를 기다리는 동료들
슬슬 꼬드겨 한 컵 가득
소주를 마셨네 모처럼
수은 불빛으로 타올랐네
흐린 낮빛으로 낮게 깔린
기름 먹은 하늘을 불러 모아
스파이크 대못으로 쾅 쾅
두드려 박았네 한 치의
틈도 없이 서로를 결박하였네

그제야 삼천오백만 육십 킬로를
달려온 밤기차가 지나갔네
천둥처럼 소문처럼 깜박
깜박 별들이 솟아올랐네

간이역 소식

풀벌레 울음소리 가득하다
이른 저녁 땅거미와 함께 찾아와
군데군데 무너진 역사 둘레 담벼락을
무시로 타고 넘어 풀수밭 가득히
밤늦도록 멈추지 않는 풀벌레 울음소리여
낯선 숙직실 얄팍한 선잠을 걷어내고
부스스한 얼굴로 나선 새벽 두 시의
작은 역사를 여전히 점령하고 있는
벌레들의 울음소리여 아무런 인수인계도
손뼉 치는 맞교대도 없이 떠나감을 준비하는
풀벌레들의 아우성 속으로 푸짐한
수육 한 접시에 소주 몇 병을 나눠 마시고
어둔 얼굴로 밀려남을 걱정하며 돌아가던
옛 동료의 뼈처럼 깊은 위안이 들려오고
간간이 먼 길을 달려온 야간 열차의
환한 불빛 맑은 기적 소리에 묻혀 짙푸른
밤하늘의 별들 총총한 속삭임과 함께
지새는 한밤이 어찌 슬픔뿐이랴 돌아서서

단단한, 흰 소금 기둥으로 한 점 불빛으로
지켜내는 어둔 들녘은 또 이리 아름다워서
귀를 열고 마음을 열고 온몸 가득
돋아나는 풀벌레 울음소리를 들으며
신새벽 통근기차가 올 때까지 나는
신호등처럼 깜박깜박 잠들지 않았다

기차 에밀레

나는 먼 곳을 보지 못하네
십 분 전에 떠난 기차와
십 분 후에 들어올 기차에 대해서만
열심을 다해왔네 하루하루 다해왔네
십 년 지나 이십여 년 지나가네
가끔씩 너무 멀리 온 것 같아
누군가는, 네가 세상을 아느냐고
역사를 아느냐고 그런 것도
시냐고 삶이냐고 엄중하게 다그쳐
어둔 밤길 홀로 더듬거리기도 하지만
나는 가까이 밖에 보지 못하네
손에 들린 빨간색 푸른색 전호기와
눈에 보이는 철길 신호기에 대해서만
열심을 다해왔네 한순간도
다른 데는 훔쳐보지 않았네
천 년 전에 누군가 그랬던 것처럼
천 년 후에 누군가 그럴 것처럼
나는 나를 걸었네 내 몸을

내 몸에 걸었네 제 몸의 무늬로만
기적 소리 둥그렁 둥그렁 울리며 나아가는
종소리가 되었네 그래 미안하네
나는 너무 멀리 나와버렸네

겨울 완행열차

헌옷 같은 겨울 햇살 껴입고
역이란 역은 다 들렀다 가는
완행열차 천천히 들어올 때였어
객실 문 박차고 승강구로 뛰어나온 아이 하나
뒤따라온 여인의 품에 안겨 어버버 어버버
밖을 향하여 용을 쓰는 박박머리 아이를
간신히 감싸안고 주저앉아 등 두드리는
몸뻬 바지 여인의 사슬 같은 품을 피해
못 볼 걸 보았다는 듯이 혀를 차며 슬슬
에돌려 비껴가는 사람들을 향하여
선뜩선뜩한 그 눈길들을 향하여
어버버 어버버 손으로 발로 무언가
전할 말 있다는 듯이, 제 어미의 깊은 품을
보라는 듯이, 온 몸부림을 다하는 아이의
그 참, 눈보라 같은 항변이 잦아들 무렵
천천히 출발하는 겨울 완행열차
성에꽃 핀 차창 너머로
언뜻, 다시 보았어

어버버 어버버 손짓 발짓 하는 아이의

얼굴을 감싸며 입맞춤하는

10월에

낮은 햇살 내린다
부주산 키 큰 어깻죽지를 타고 넘어
간신히 당도한 가을 햇볕 그득히
산자락에 묻혀 있는 간이역을 적신다
잦아든 풀벌레 새들의 울음소리
기진한 바람의 옷소매도 잡아끌어
양지 바른 처마 밑 신호기 아래
일렬로 널어둔 노란 장화와 털모자
구두 한 켤레 양쪽 신발 안창에까지
쪽 쪽 입을 맞춘다 갈 길이 멀어
천천히 깊이 송별을 하는 연인처럼
옆으로 삐딱이 나선 왼발 안창은
끌어들여 줄을 맞추고 겉만 죽죽 마른
겨울 털모자는 홀랑 까뒤집어 말없이
젖은 몸을 내어 말린다 밀려오는 바람과
밀려가는 햇살을 한통속으로 삼아
검은 씨방 가득히 속살 탱탱히 채워둔
봉숭아 부용화 금송화 코스모스

해바라기 씨알들 한 마장을 역사 뒤곁

그늘진 포대 위에 부려놓고 어느덧

창문 내린 유리창을 적신다 금세

물들어오는 햇살 문양 그득히

순금처럼 눈이 부시다

막차를 보내며

저 사람
기차를 타네

대합실 창가에 서서 마냥
오가는 기차를 기다리더니

유리창 너머 비치는
자신의 얼굴 하냥 바라보더니

지나는 사람들 옷고름에
묻은 그림자까지 주워 담더니

말없이 다시
돌부처가 되던 저 사람

기차를 타니, 기적 소리

솟아오르고

맑은 전조등을 켠
막차가 떠나네

무안역

집푸른 어둠에 물든 밤
초당산 낮은 등허리로
구불구불 이어진 논둑길 따라
호드기 울음소리마저
둠벙 깊이 꼬리를 감춘 밤
노란색 역명등 더듬이로 켜든
산골 깊은 무안역 푸른 메모지 같은
유리창에 이마를 부비며
사랑한다 사랑한다 사랑한다
눈발처럼 몰려드는 하루살이들
치지직 치지직 제 몸을 태워
밤하늘 멀리 별빛으로 흘러가는
아픈 첫사랑의 간이역

가을 봉숭아

미안하다.

꽃잎 졌다. 동네 잔칫집에서 거나해진 이들과 실랑이하다 조작반 선로에 기차를 빠뜨렸다. 사고는 사고를 불렀다. 죽으라 입술을 깨물었다. 빗발치는 전화음을 타고 사람들이 몰려왔다.

우리들은 씨알마저 털었다. 몰아치는 비바람에 눈코입귀를 지우고 이리저리 쓸려 넘어졌다. 서로의 마른 우듬지만 쓰다듬듯 바라보았다. 엎질러진 햇살이 꼬들꼬들 말라가는 가을이었다.

미안하다.

송별식

불현듯 날아온 전보 한 장에
퇴직을 삼 개월 앞둔 그가 짐을 싼다
쏟아져 나오는 사물함을 뒤지다가
이제는 쓸 일 없을 겨울 털모자와
잘 빨아서 입으라며 참 따뜻하다며
동절용 작업복도 함께 던져준다

그러고 보니 겨울이 가까웠던 것일까
떠나감을 준비하는 그는 말이 없고
지켜보는 우리들도 말이 없다 하루 내
오고가는 열차의 꽁무니에 뒤엉켜
철없이 피어난 찔레꽃처럼 흔들릴 뿐

야근을 마친 아침 퇴근길에야 우리들은
기운 햇살 줄줄이 스며드는 역전 골목
함바집 뒷방에 모여 보글대는 곱창전골로
송별식을 한다 서로가 빈속인지라
몇 잔의 선술에도 불기둥이 서고

눈자위와 귓볼에도 금방 꽃물이 든다
그러하다 선로변에 뼈를 묻은 우리들
어디에서 어디로 뒹군들 선로 위를
흐르는 기적에 가는 귀 먹는 일 아니랴
몸으로 뒤섞여 한 세상 엮어가는 우리들
부드럽게 달라붙는 연결기처럼 모두
뜨겁고 깊은 송별주를 나누자, 건배!

손금

낡은 기차를 타고
먼 길을 걸어왔다

급행열차를 탄 친구들은
바람처럼 앞서갔다

가끔씩 차창으로 보이던
수인사도 보이지 않았다

하지만 나는 기억했다
그들의 손금을

손에 쥐고 놓지 않는
두 가닥 철길을

저녁 막차가 들어올 때면
두 손을 펴본다

오면 가고 가면 꼭 오는

기차가 된 친구들

그들의 손을 잡고
가던 길을 가야겠다

20년

기차가 내 안으로 들어온다
기차는 진입 전에 장내신호를
출발 전에는 출발신호를, 통과 후에는
개통취급을 제대로 해줘야 하는데

요즘엔 기차가, 아무런 신호도 받지 않고
아무런 취급을 해주지 않아도
내 안으로 진입해 들어와
출입문을 열어, 사람들을 내리고
짐보따리를 내리고 비척비척
눈 비비는 강아지까지 풀어놓곤 한다

더불어 노란 봄 햇살도 함께 따라와
개찰구 아래 손바닥만 한 뙈기 화단에
새아기 눈곱처럼 돋아 있는
채송화 개불알꽃 얼레지까지
함박웃음 짓게 하나니

아 아득한

무엇 하나 부럽지 않고 밉지 않고
무엇 하나 못나 보이지 않는
햇살 내리는 봄날의 간이역
생전 처음 보는 아늑한 풍경을
선물로 주고 가나니

내 안으로 들어온
기차가, 땀이었고 눈물이었고 한숨이었고
오기였고 버팀이었던
그 기차가, 이제야

개찰구

유리창 미닫이에 기운 반달이 뜬
우리 역 개찰구는 아무나 통과하지 못하네

기껏해야 하루 대여섯 번 들렀다가는
서너 칸 통근열차 우르르 들를 때마다

놀란 얼굴을 가리며 문을 여는
개찰구가 아니라 실은 하룻내

심심한 하늘 향해 하냥 열려 있는
간이역 개찰구라지만, 정말이지

아무나 통과하지 못하네 삼백 킬로 달리는
고속열차 안에서 마냥 그리워하는

사람들의 유령 같은 환호를 귓등으로 넘기며
벌초를 하러 가는 할아버지 허리춤의 낫자루나

꽃물 빠진 손톱을 슬쩍 내보이며

역사 안 봉숭아 꽃밭을 찾아가는

원조식당 함바집 아줌마도 무사통과하는
우리 역 개찰구는 아무나 통과하지 못하네

봉숭아

역사 앞 신호대 옆에
한 평이나 될까, 밀려온 얼굴들
무더기로 피어 있다 뿌린 적도
옮긴 적도 없는 봉숭아들
몰아닥친 늦장마 비바람에
옹실옹실 떨며 버티고 있다

몇은 이 아등 물고 버티고
몇은 서로 껴안고 버틴다
쓰러진 몇은 아예 편안한데
분홍 꽃봉오리를 겹겹이 매단
얼굴들만 힘겹게 이리저리
비척이고 비척인다

여기도 꽃밭이라며
비바람은 잠깐 지나간다며
여우비 그친 틈에 먼 하늘
맑은 햇살 산들바람도 불러

꽃가루 향기를 풀어놓으며
수줍은 목청을 드높인다

사람들아 보아라 여기
밀리고 쫓겨온 이들 모여 앉아
서로를 토닥여 꽃이 되고
기다림을 잇는 철길이 되어
그대들의 새끼손톱 물들이는
꽃물 같은 함성들을 보아라

아무 생각 말고 보아라
그냥 보아라

겨울밤

바람 들었나 낮종일 괴롭히던
폭설도 잦아들어 서너 시간
손뼉 치고 청하는 잠이 오지 않아
뒹굴뒹굴 뒤척이다 보니
장딴지로 등줄기로 쏙쏙
바늘비가 스민다 써늘히 젖는다
바람 들었나, 대나무꽂이에 꿰인
무청을 헤듯 하나 둘 셋 넷
넷 셋 둘 하나를 세어보다가
삭신을 패며 잠 못 들던 어머니가
눈 덮인 장독대 짚더미를 헤쳐
한 사발 떠온 살얼음 낀 싱건지
국물과 함께 생무 한 입 베어 물면
아린 잇새로 금세 번져오던
찬맛 시린맛 물맛 단맛 흙맛
똥맛, 이런 맛들 모두
새어나가 버렸나 내 몸은 이제
늑골 깊이 찬바람만 드나드는

시골 역이 되어버렸나 뜬눈으로

밤을 건너는 역명등이 되어버렸나

야간행

환한 불빛
환한 얼굴
환한 이야기들 가득히

차창에 싣고 달려온
야간 급행열차 바람처럼 몰려간 뒤에는

밀려드는 먹빛 어둠을
신호등 하나로 쥐어짜듯 막아내고 있는

치약처럼, 환한
슬픔이 있다

제2부

싱건지

시를 쓰는 친구 녀석은
싱건지가, 송이눈 내리는 겨울밤
벌거벗은 여자의 희뭉한 살빛 같다고 했지만
아서라, 옴쓰라미 뜬눈으로 버틴
야근을 마치고 퇴근한 아침
쏟아지는 햇살을 커튼으로 가리고
허리께 올라타 노곤노곤한 어깨와 등허리
애써 주무르는 아내의 손목을 타고 스며드는
스리슬슬 두루뭉실 달착지근 수수무리
허랑무봉인 요 맛, 싱싱한 건지의 맛
몽유도원인지 아수라 지옥인지
여름인지 겨울인지를 따지지 않고
제 육신을 놀려 한세상을 익혀내는
알타리무 말간 몸에서 우러난
그 맛이더라 싱건지의 맛.

겨울 편지

눈보라 쏟아진다 온통
하늘도 땅도 보이지 않아
새까만 눈발을 거슬러 가는
기관차 배장기 선두에 매달려
붉은 전호등 반딧불이로 켜들고
뛰어내릴 곳을 가늠해보지만
알 수 없어, 자갈밭인지
얼어붙은 승강장인지

순간에 발목 걷어버릴
배전선로 위인지

눈 질끈 감고 입술을 깨물며
뛰어내려, 휘는 정강이로 버티다
나뒹구는 몸뚱이를 남겨두고
천둥 같은 기적 소리로 순식간에
멀어져 가는 입환 기관차를 보내며
절룩절룩 사무실로 돌아오다 보면

새하얀 어둠은 여전히
쏟아지고 쏟아지는데

웬일이냐, 이 환한
세상이라니

몸의 족보

5번선에 기차 들어온다. 가뭇가뭇한 새벽의 어둠이 통근열차 가득 실려오는, 선잠에 취한 사람들이 나박나박 입을 가리며 플랫홈으로 몰리던, 그런 아침이었을 것이다. 어디에서 날아든 것일까, 푸른 작업복 하나 허리를 꺾고 휘뚝 기관차 배장기 아래로 굴렀다. 표정 없이 가시 쇠못도 녹이는 철길의 뿌리가 되었다. 밤낮없이 천릿길을 오고 가는 기차의 내력이 되었다. 그러했다. 울렁이는 가슴 말고는 남길 것도 기억할 것도 없는 그대들 김-모, 남-모, 박-모, 이-모 자갈밭에 남긴 몸의 족보들이 서로를 마주 보며 달리는 두 가닥 선로가 되었다. 볼펜 심지를 밀어 선로점검부 칸칸이 이상-무 이상-무 동그라미를 그리며 완행열차 지정선인 5번선을 걷다 보면, 하얀 기적에 묻힌 안부들이 봄꽃 가지처럼 불쑥불쑥 돋아난다.

빨간 면장갑

빨간 면장갑을 낀다. 눈이 오든 비가 내리든 빨간 면장갑을 끼면 편안해진다. 기름때도 선뜩선뜩한 서릿발도 함부로 범치 못하는 빨간 면장갑을 끼면 그가 생각난다. 더벅머리 서툰 조차원 시절 본무조차였던 그를 생각하면 뜨거워진다. 무쇠가루 날리는 역 구내 자갈밭을 어린 짐승처럼 뛰다 뒹굴다 눈에 박힌 쇳가루를 부비지 말라며, 치뜬 눈동자에 따순 입김을 불어넣으며 침 바른 이쑤시개로 발라내는 그의 손길 눈길을 따라, 떨리는 마음 뜨겁게 차올라 자꾸만 움찔거리던 몸뚱이로, 금세 깔깔함도 사라져 개운해진 눈으로, 보았다. 몸에서 몸으로 이어진 하늘을 처음으로 보았다. 그대, 뛰어오르던 여객열차 손잡이에 받혀 꺾인 허리 접힌 몸을 품에 안고 신새벽 어둔 선로변에서 은사시나무처럼 덜덜 떨면서, 그 깜깜한 하늘을 다시 보았다. 울면서, 열 손가락에 낀 빨간 면장갑을 서로 결박하여 하늘을 품어본 이는 안다. 두 눈에서 똥창까지 눈물과 땀으로 채워본 이는 안다. 천상 철도쟁이라는 말처럼 빨간 면장갑이 얼마나 든든한 것인지를.

야근

콩알
불빛

접시등
불꽃

덮치고 일어서는
화등잔

치인 사내의 옷고름
추스르며

목젖을 벌컥댄다
밤기차

지워진
철길에서

어금니로 버티는

죄인이다

정강이 뼈에
썬득썬득

음각화를
새긴다

어둠이
뜨겁다

기차 아래 사랑법

연애를 한다. 기차 밑으로 기어들어가 연결기 아래 공기호스를 보듬고 힘을 쓴다. 까닥하면 떨어져 플라스틱 안전모든 발등이든 짓깔아 뭉개버리는 무쇠덩이 헤드 아래에서 빡센 공기호스를 자르려 애를 쓴다.

가슴으로 안아 양팔로 품고 당기고 밀어봐도 피식피식- 꿈쩍도 않는 부동의 결합이다. 시속 백 킬로를 달리는 열차의 제동관 호스 사이 철제 커플링 속에서 얼마나 뜨겁고 단단하게 녹아든 고무패킹인 것인가.

돌덩이로 올려치다 헛맞아 불덩이가 된 손가락을 감싸며 물러앉아, 담배 한참을 태우고 다시 기차 밑으로 들어가 호스를 보듬는다. 슬슬 달래며 힘을 붙인다. 금세 축축해진 안전모 턱끈으로 땀이 흐른다.

쏟아지는 팔월 염복의 기차 아래에서 뜨거운 숨결을 나눈다. 서로가 헐떡이며 꽃술을 연다. 부드러운 공기호스가 면장갑으로 감겨온다. 가닥을 잡은 그와 나 사이에 시원한 바람이 번져오면 또 하나의 사랑을 마친다.

꽃처럼 이쁜 야근

양을산 봉긋한 등성이 너머로 꽃노을 드는 저녁참에 밥을 먹지요. 수더분한 임성식당 아줌마가 챙겨주는 계란찜 마늘쫑 무채지에 김치찌개를 끼얹어 흰쌀밥 한 공기에 서운한 반 공기 더 게눈처럼 뚜덕뚜덕 비우고 나서야 샛노란 역명등이 켜지고, 저녁 통근기차에서 내린 어둠이 밀물처럼 밀려와 번져가지요. 간간이 지나는 야간열차 환한 차창에 매달린 불빛들에 볼따구니와 허벅지를 꼬집히기도 하지만, 밤 두 시 가까이 교대를 앞두면서는 허리 통증을 견디며 울리는 괘종시계 이마를 세찬 하품으로 짚어 보지요. 그래요. 새록새록 차오른 만월의 물결 가득히 곤함도 버팀도 잊고 우윳빛 달그리메 새겨질 무렵이면 아흐, 발꿈치의 퍼런 힘줄까지 다 발라낸 몸으로 두둥실 떠올라 노란 꽃밭을 토해내지요. 잠시 동안, 단숨에요.

아침밥

밥을 먹는다
삼 일 낮 삼 일 밤
사막 같은 72시간
철야근무 마치고
아침상을 받는다

쏟아지는 햇살
훠 훠 걷어내며
생선 살을 얹어 내미는
아내의 손목을 타고
화르르르르

꽃술이 오른다
몸에서 몸으로
수액을 타고
뜨겁게 뜨겁게
솟구쳐 오른다

그대와 함께

건너가리 서걱이는

목울대 깊이

움찔움찔 돋아나는

꽃을 삼킨다

6번선

아침 햇살로 점점이 날아오르는 그는 죄가 없다. 새벽 입환 작업 마치고 쉴 때면 곧잘 어둔 소화물차 안에 구멍 퐁퐁 뚫린 밀상자 가득 짹짹거리는 병아리들과 놀던 그에게. 어느 날, 상사와 눈이 맞은 아내가 이혼 요구를 해왔다던가

숙직하는 밤 내 술에 절어 들어온 그가, 새벽 첫차가 차입될 6번선 캄캄한 선로를 베개 삼아 푸른 전호등을 옆구리에 켜들고 누웠다던가. 암팡지게 잘릴지언정 결코 변하지 않는 철로를 보듬고 새하얀 눈을 떴다던가

우련한 햇살 허허로이 솟아오르는 아침은 죄가 없다. 힘 좋은 수탉이 암탉을 품어 통통한 알을 낳고, 그 알이 병아리로 기차에 실려오는 일이 죄가 아니듯이, 맹탕 술만을 좋아하는 그가, 자갈밭으로 기차 바퀴 밑으로만 평생을 떠돈 그가

술김에야 겨우 제 할 말 한마디 남기고는 천하 죄인이 되어 작은 얼굴 온통 홍당무가 되던 그가, 낡은 6번선 선로로 스며

들어 전할 말도 남길 말도 없이 그저 맑은 순두부처럼 하늘 너머로 사라지는 일은, 그러므로 전혀 죄가 아니다.

시

시를 쓰려는데
손이 떨린다
안전모 벗고 장갑 벗고 작업복 벗고
손 씻고 머리 감고 등물하고
책상에 앉아
팍팍한 자갈밭을 뛰면서
달리는 기차에 매달려
번뜩 번뜩
지나가던 생각들, 느낌들
건져내어 글로 옮기다 보면
속으로 불꽃이 인다 천박한 동사, 뜀박질 지우고
땀방울 닦아내고, 우리들 작업복들
모래알처럼 흐트려 평생을 부려먹는
말하기 거북한 자본의 음모 모른 체하고, 씨부렬
저절로 새 나오는 욕지기 빼고 나면
다시 책상에서 책상으로
전해 내려오는
시, 김남주는 절대 안 되고 이용악도 안 되고

최소한 백석 정도라도 되어야 하는

시, 씨부럴 저절로

시가 돋아 나온다

깊은 배후가 있다

이 무슨 젬병인지
먹빛 어둠 속에서
콩알 불빛 한 점으로
횃불덩이로 다가와
눈빛을 물들여 얼굴을 물들여
우르르르릉 이내
온몸 통째로 흔들고 가는 야간열차여

환한 객실 등 아래
잠든 얼굴로 마주 보는 얼굴로
웃는 얼굴로 골똘한 얼굴로
바람처럼 지나쳐 가는
어둔 기차의 등 뒤에 서서
휘뚝, 한쪽으로 기우는
둥근 통표걸이를 바로잡을 때

푸른 밤하늘 초승달 아래
작업복 깃을 타고 스며드는

이, 이 허망한 뿌듯함은
대체 어찌된 젬병인지

동녘 하늘엔 금세
파란 도마뱀 같은 살결이 돋고
우두두두두둑
팔 다리 허리 가슴뼈까지 들깨우고 가는
새벽 기지개에는 분명
깊은 배후가 있다

푸른 야근

잘

모를

것이여

형광불빛

담요로삼아

철제의자꽃배

띄워뜬눈으로둥

둥떠다니다가끔

고인팔뚝에 침

흥건히번져오는

어둠흔들리는

마음다잡아

미

루

나

무

처럼

버티는맛을모를것이여

순회

숨 막힐 듯 더운 김 솟아오른다. 빨간 안전모 밑으로 연신 땀을 훔치며 흐물흐물 늘어진 선로변을 간다. 오늘도 걷는다마는 정처 없는 발길도 아니고, 석탄 같은 얼굴로 까까머리 어린 손목을 움켜줬다 힘없이 맥을 놓던 술주정뱅이 아비의 누런 어금니도 아니다. 흐드득 흐드득 비껴가는 급행열차 꽁무니로 쏟아져 내리는 묽은 배설물과 깔깔대는 웃음들은 그러므로 이를 통째로 뒤집어쓰는 선로변의 애기똥풀과 노란 형광조끼의 사내에게는 꽃이 된다. 하늘이 된다. 그런 거다. 온몸으로 젖지 않는 더위는 더위도 아닌 거다. 이십여 년 넘어 한 생애 가득 정수리 턱턱 받혀오는 서슬 푸른 무더위에 젖어 축축한 작업복과 한 몸이 되어버린 사내는 이제, 눈에 보이는 것들만 믿어, 손끝에 만져지는 것들만 안아, 사랑하게 된 것이다. 두툼한 선로 순회기록부 칸칸이 돋아나는 새파란 문자들을. 아흐, 무더위 이상무!

추석 달빛

가래떡처럼 부푼 저녁 막차 보내고
바라보는 밤하늘의 추석 달빛은
왜 그리 희고 둥글었는지

석 삼 년째 야근하는 추석날 밤
부서져라 대합실 문 두드리는 이 있어
문을 따니 겨우 가슴팍 정도
난쟁이 키에 꼽추인 사내

명절 끝에 형제간 분란이 일어
집을 나왔다며 덕지덕지 때 낀 얼굴
술 냄새 고린내 펄펄 풍기는 입으로
씨발 씨발 대며 버티던 그 사내

신발도 신지 않은 맨발로
담뱃불 주라며 내미는 검은 손
죽이라는 듯이 대합실 의자에 드러누워
깔딱대는 숨결에 일 치를까봐 두려워

급히 119 신고를 할 때,

집에 가면 형한테 맞아 죽는다며
구급차엔 타지 않으려 버티는 그를
젊은 의경의 힘을 빌려 차에 태우며
봉분 돋은 그의 뒷등에 한마디 하고
가래침 뱉듯 혀를 차며 돌아서던

그때, 내 가슴에 달라붙어
떨어지지 않던 밤하늘의 추석 달빛은
왜 그리 쓰리고 아렸는지

퇴근 연가

아침 퇴근길이 새롭다. 역사에서 대합실을 지나 간간이 화장실 걸음을 더하여 신호기와 전철기를 오가는 쳇바퀴 안에서 하루하루 맞교대로 돌아, 돌면서 십 년 지나 이십 년으로 이어진 둥그런 길 나서다 보면

쏟아져 들어오는 햇살이 눈부시다. 800번 시외버스가 정겹다. 잘그락거리던 호주머니 동전도 따뜻하다. 차창 밖으로 밀려왔다 밀려가는 집들 나무들, 버스정류장을 지나 동네 어귀를 슬슬 걷는 일도 새롭다.

들꽃처럼 반기는 아내의 손길에 끌려 곰삭은 게장에 쓱쓱 비벼 먹은 아침 밥상머리 슬슬 졸음에 취해, 드리운 커튼 아래 귀 후비는 아내의 무릎을 베고 혼곤히 잠드는 일까지도 새로워, 나는 너인 것인가.

태풍

무서운 입술이다. 물에 젖은 솜처럼 빨아들인다. 세찬 비바람을 앞세워 환영한다며 어서 오시라는 아치형 개찰구의 넝쿨에서는 벌써 몇 덩이째 살진 개호박을 빨아들였다.

모로 누운 봉숭아들 일제히 다시 거꾸로 눕힌다. 부풀어 오르는 간이역 등허리에 매단 역명등이 위태롭다. 끝내 부서진 유리 조각들이 파리한 표정으로 흩어진다.

시골집 기와마저 날아갔다는 아내의 다급한 목소리가 전화선을 탄다. 부푼 풍선처럼 파닥이는 역사를 할퀴며 선로 유실과 열차 운행 중지의 통보를 타전한다.

길이 끊겼다. 지나온 길 지나갈 길 모두 끊겼다. 우리들은 갇혔다. 길을 지키던 손을 놓고 마음을 놓고 서로를 바라본다. 처음 보는 얼굴들이다.

비에 젖은 몸을 닦는다. 비바람이 들락이는 사무실에 앉아 끊임없이 나부끼는 길들을 본다. 이제야 보인다. 길 속으로 난 길, 우리들의 몸으로 난 철길이 보인다.

제3부

밤기차

밤이면 사내들이 기차를 탔다. 까까머리 열일곱 나이의 망둥어가 되어 목에 걸린 넥타이를 풀어 이마에 맸다. 엄혹한 손가락을 부러뜨리며 마흔아홉 또는 쉰의 나이를 질질 끌고 떠오를 듯 쓰러지는 노래방의 문턱을 올랐다. 아아 믿는다 믿어라 변치 말자. 누우가 머언저 마아알 했던가. 악을 쓰며 악을 죽이며 내가 내가 아니었냐고, 나는 누구냐고. 사는 집을 팔아 사는 집을 떠난 아내와 아이들을 은행 통장에서 꺼내 갈비뼈로 꿰어 맞추는 형님의 소식을 지우며 새기며, 감아도 감기지 않는 홀아비 둥근 눈에 투명한 물기가 어리는 밤이면, 사내들이 기차를 탔다.

문

으슬으슬 몸이 춥다고
그의 아내가 문을 닫아주라 한다.
그가 섬에서 사온 삼치와 숭어회를
소주에 곁들여 맛있게들 먹는 자리에서
내 이번 달 월급 40만 원 받아왔지만
동지들 함께하니 괜찮지 괜찮아, 하지만
일근을 마치고 섬에서 오도 가도 못해
집 생각 아이들 생각이 밀물 칠 때면
소주병 나발을 불며 바닷가에서
거지반 미쳐간다는 한통 노조원인 그의
은근슬쩍 젖어가는 눈시울을 걷어내며
어이, 몬테크리스토 백작. 거 관두고
술잔이나 받소. 자— 어이 받으란 마시.
말간 소주잔 주고받으며 큰 복수하듯이
사내들 서넛이 거한 술판에 젖어갈 때
이제 한 마흔이나 되었을까, 선창가
김공장을 다니는 그의 아내는 자꾸만
춥다며 문을 닫아주라 한다.

달의 생성

제 어미의 훈계가 매섭다. 기말고사를 망친 아이들에게 TV뉴스까지 동원하여 혼쭐낸다. 70점쟁이라며, 도로에 드러누워 곤봉에 맞아 멱살잡이로 끌려가는 저 작업복 아저씨들이 학교에서 너희처럼 70점이나 받던 사람들이라며, 최소한 90점 이상은 받아야 구석에 뒷짐 지거나 해설을 붙이는 교수님처럼 되는 거라며 뜨거운 불주사를 놓는다. 네, 네, 명심했다는 듯이 잰 젓가락질을 하는 딸아이들을 보며 목이 메인다. 어이, 그만하소. 그만해. 마음의 밥상을 뒤엎고 나와 바라보는 밤하늘이 부도 수표처럼 어둡다. 빨랫줄에 널린 작업복들이 소금덩이처럼 하얗게 떠오른다.

촛불

— 시 「장벽」* 패러디

우리가 그것을 아주 천천히 켜들던 때
그때 우리는 공포에 떨었다
그것이 얼마나 굳건한지
우리들 마음속에서

우리는 알지 못했다
어둠이 끌어올리는 수렁 속에
그리고 돌돌 쌓여가는 굴종 속에

그 섬뜩한 침묵 속에선
모두가 눈물 한 방울 떨궈내지 못했는데
이제 우리는 바다로 서 있다
모든 억압을 내던지며

모든 껍질을 벗겨가며
서로가 서로를 깊이 태워내고 있다

* 구동독 시인 라이너 쿤체가 독일 통일의 날(1990. 10. 3)에 쓴 시.

태일/수만 형 생각

그 순간이었습니다. 지나가는 급행열차 굉음에 놀라 깡깡 마른 꽃대들 스스로 목을 꺾는 순간이었습니다. 흐린 햇살들 만장으로 내려 깔리는 늦은 가을날 오후, 어디에서 언제 홀연히 나타난 것인지, 은빛 갈기를 세운 민들레 홀씨들 스스로 몸을 일으켜 빛이란 빛들 다 불러 모아 하늘 땅 어디에도 머무르지 못하는 사람들 쫓겨난 이들 아으, 사랑해- 둥근 씨방에 불꽃을 당겨 낮은 곳으로 낮은 곳으로 하방해가던 그 순간의, 그 청년의 눈빛을 새긴 겁니다. 지도 밖으로 밀려난 간이역 플랫홈 선로변을 걷는 작업복에게도 말입니다.

봄날, 내 마음은

햇살 내리는 봄날
산들바람에
매화꽃 가지가지 낭창거리네

모처럼
종아리를 내민
내 마음도 산들거리네

지난 겨울
또는
지지난 겨울날의 웅크림 때문이리

사는 일 엄중하여
어깨 한번 제대로 펴보지 못한
지난 날들 때문이리

금세 가버린 날들
되돌릴 수 없는

망할, 속울림 때문이리

맑은 봄날 하늘 아래
두서없는 꽃잎으로
떨며, 떠다니는 내 마음은

가을의 전언

역사상 처음이라는
여름 태풍 지나가고
9월이 오면서
처마 밑 봉숭아들
몸을 비웠다 마음을
가득 비웠다

눕기도 하고
꺾이기도 하고
뽑히기도 했지만
누구 하나 불평없이
아침 저녁 밥 먹듯이
몸을 세운다 마음을
곧추세운다

그리하여 메마른
꽃대들 사이사이
두툼한 씨방을 내달았다

보아라, 꽃잎을 짓찧어
물들인 그대들의 손톱은
어디를 향해 아직까지
그리 날카로운가

스스로 높아진
가을 하늘을 향해
눈빛도 당당히 올려보며
기지개를 켜는 환한
무지렁이 얼굴들
마음들 보이는가
보이시는가

노짱과 함께

한 사내가 고발당했다
먼지털이개처럼 흔들렸다

흔드는 손과 흔들리는 손의
팽팽한 오선지 위로
많은 이들의 그림자가 지나갔다

가벼운 것들이 먼저 흔들린다
흔들려, 가라앉거나
창문 밖으로 밀려나가
깨진 계란 자국으로 남는다

하지만 아는가, 흔들리고 흔들려 스스로
먼저 흔들려 밀려나는 이들의
맨 얼굴을

몸서리치는 불면의 어둠 속
부엉이 바위 위의 뜨거운

눈빛을

밤꽃 내음 풍기는 얼굴로
언제나 나는 아니고 나는 아니고
나는 아닌, 그대들은 모른다

한 사내가 고발당했다
호랑가시나무처럼 단단해졌다

시학(詩學)

캄캄한 암실에서 입을 가린다.
말할 수 없는 것에 대하여는
말하지 않아야 한다.* 어둠 속
싱싱한 감촉으로 지껄이는 것은
나뭇잎 같은 손가락이다.
툭, 떨어지는 동전처럼
쉬 짐작되는 것은 아니지만
조금씩 더듬어 올라가다 보면
만져진다. 콩닥콩닥 뛰는 가슴
실뿌리 내리는 유언비어처럼
꼬랑지 살랑대며 떠도는
우리들의 언어
우리들의
노래들이 검거되어 온다.
시는 은유라고? 말은
꽃이라고? 귓속말이다. 쉬잇!
말해야 하는 것에 대하여는
말해야 한다며, 새하얀 암실이

흑백으로 물든 눈을 밝힌다.

음지식물처럼 의연한 기색이다.

* 비트겐슈타인의 『논리철학적 논고』에서의 기본명제 7.

저 하늘은

— 남주 형, 8주기에

저 하늘은 왜 이리도 원통하다냐
반도땅 산자락에 비친
풀지 못할 무슨 설움과 분노가 있어
저 하늘은 아직까지 가슴을 치고 있다냐

먼- 높은 하늘에서
흙냄새 나는 지상까지 일격에 내리꽂혀
쓸개 빠진 뭇 것들의 정신을 후려쳐가는
매처럼, 매처럼, 매처럼,

불쌍한 것들아 처량한 것들아
밥통에 얼굴을 묻고
분단의 올가미에 목을 맨 채로
제 웃음을 위하여
제 뱃속을 위하여
오직 제 그리움과 한숨만을 위하여 목을 빼는
원통한 족속들아 동족들아

꽃이니, 글이니, 삶이니

사는 만큼 나오는 것이여, 사는 만큼
쏟아져 나오는 누런 똥과 같은 것이라고
우르르르르르 이놈 저놈 요놈 그놈 모두 다
몰아붙여 발톱으로 부리로 똥 젓는 막대기로
죽도록, 죽도록, 뼛속 깊이
눈물로 함께 가야 할

저 하늘은 왜 이리 가까웁다냐
반도땅 곳곳에 부려놓지 못한
그 무슨 애타는 사랑과 그리움이 있어
저 하늘은 아직까지 눈물 맺혀 있다냐

순천만 갈대밭에서

갈대가 속으로 운다는 것은 다 거짓말이다
오랜 세월 반도의 맨 남단
홀로된 누이의 속곳처럼 바람에 잠겨 있는
순천만 갈대밭에 서보면 안다
함부로 꽃은커녕 싹도 피우지 않는 긴 세월
짜디짠 포구에 뿌리를 내려
수시로 몰려드는 바람에 맞서 우- 우-
마른 어깨에 어깨를 걸고
아직까지 내지르는 함성 속에 서보면 안다

갈대는 속으로 울지 않는다
오래된 연인들 누구나 그렇듯이 함부로 울지 않고
함부로 웃지 않으며 서로의 팔뚝 맞잡고
끊임없이 제 길을 가는 것이다
어디 천하의 후진국 쓸개 없는 시인들 몇몇이 달려들어
일어서라 나아가라 쓰러져라 앞장서다가
홀로 제 풀에 지쳐
사라지며 내지르는 중얼거림일 뿐

어디 긴 세월 한 세상
제대로 사랑하는 사람들이 쓰러진들
무너진들, 아니 한 줌 초개처럼 사라진다 한들
속으로 우는 것을 보았는가 흔들리는 얼굴로
한탄하는 것을 보았는가 웃기지 마라
우는 것은 속으로 속으로 우는 것은
제 가슴속에 닭벼슬 하나도 제대로 세우지 못한
못난 시인들의 노래일 뿐

한때의 순연한 바람과
산들거리는 실루엣 속으로 칸나처럼 깃들었다
이내 불어닥치는 어둡고 습한 바람에 치여
갈대밭을 떠나는 여름 철새들이 목을 꺾으며
하늘 높은 데서 저 홀로
끼룩대는 울음일 뿐,

갈대는 말이지
한 계절이 바뀌어 목에 칼이 들어온대도

공허한 하늘로 날아올라 스스로 우는
헛된 꿈은 꾸지 않아 시인이든
무지렁이 필부든
순천만 갈대밭에 서보면 알아

오랜 세월을 하루같이 우- 우-
메마른 어깨에 어깨를 걸고 말없이 한 세상
끝끝내 지켜내는 게 누구인지
진정 누구의 피눈물인지
갈대가 속으로 운다는 새빨간 거짓말을
우리의 근대사처럼 꽃처럼 시처럼 노래하는
그대들 시인들, 천 년의 함성 너머 눈멀고 귀먹은
부끄러운 노래들은 알아야 하지

신호기

그와 나는 두 가지만 이야기한다

붉은 등
푸른 등

벌써 삼십 년이 흘렀다
기차가 지나갔다 그와 나의 등허리를 밟고
바람도 지나갔다

푸른 등
붉은 등

미안하지만,
그와 나는 같은 꿈을 꾸는 것이다

남주 형을 만나

퍼런 날 세운 청송녹죽
반나마 걷어내고
동상과 시비를 세운
김남주 시인 생가 건립식에서
비 맞은 새처럼 슬슬 떠돌다가
남주 형을 만났다 왜 하필
그때, 지역을 전선으로 삼았다가
살과 뼈를 가르는 싸움 치르지 못해
뒤로 물러앉은 삼류 시인이 되어
남주 형을 만났는지
내게는 말아먹을 몸뚱이가
아직은 남아 있어 걱정은 없다지만
모처럼 만난 남주 형,
역시 남주 형은 구석으로 몰려야만
핀치에 몰려 훅, 훅,
피가래침 내뱉을 때에만 만날 수 있는
퍼런 날 세운 죽창인가
핏발 선 노래인가, 나는 아직도

더 몰려야만 되는 것이다
구석으로 구석으로

교행

교행을 한다네. 하나뿐인 철길로 오고 가는 열차가 서로 마주칠 때면, 어둡거나 비바람 불거나 눈발 날릴 때에도 작업모 눌러쓰고 장갑 끼고 자전거 타고 출항하여

교행을 한다네. 빽빽한 전철기 싸목싸목 돌려 올라가는 열차 내려가는 열차를 사이좋게 엇바꾸어 제 길로 보내다 보면, 그런 것이네. 앞서는 일에 몸과 마음을 통째로 싣고

외길 선로 위를 달리는 우리들, 아스라한 걸음을 누그러뜨려 잠시 멈춰 서서 마주 오는 얼굴을 바라보는 일이네. 내 안에 있는 내 얼굴을 돌아보는 일이라네.

교행을 한다네. 힘들여 지나온 길을 매만져 눈을 감기고 지나갈 길을 보듬어 눈을 틔운다네. 지나온 길이 지나갈 길에게 긴 응답기적을 울려준다네.

간이역

하루 종일
머리인가 싶으면 금세
꼬리까지 지워지는 급행열차
무심히 지나가는
여기는

여름 한낮
창틀에 내린 덩굴 나뭇잎
천-천-히-
알은체하는
여기는

그 안부에도
반가워 정말 반가워
온몸이 다
뒤틀리는
여기는

그리운
감옥

제4부

콩을 털다가

아야, 때 놓치면 버린단다
버린다는 어머니 성화에 콩을 턴다
마른 콩대들 골라 지근지근 밟아
까불린다 몇 번을 까불려봐도
잘 털리지 않는 콩깍지들 있어
아야, 놔두면 저절로 튕겨 나온다는
어머니 지청구를 귓등으로 흘리며
콩대들을 훑는다 요것들, 콩깍지들
통통한 꼬투리를 눌러 던져두면
저 홀로 마른 허리를 비틀어
눈빛 똘망똘망한 검은 콩알들
후드득 후드득 뱉어내는, 저 힘은
도대체 어디에서 오는 것인지
황황한 대낮에 저를 닮은 피톨들
바깥세상으로 밀어내놓고 스쳐가는
선들바람에도 나뒹구는 콩 껍데기들
허허로이, 어느 결에 잠드셨나
평상 한구석의 어머니, 어머니

사랑의 이유

어머니
아버지에게 얻어맞고 있었습니다

개처럼 불안한 형광등 불빛 아래
구석으로 몰린 그림자 으슬으슬

떨리는 턱주가리 보듬고 울대 깊이
삼키던 아버지, 아버지-

응달처럼 잠든 아내와 아이들
머리맡으로 귀가한 늦은 밤

낮은 창문을 함박 적시며 넘쳐드는
보름달 빛에 눈시울 적십니다

나비가 되어 우윳빛 꽃밭으로 훨훨
날아다니는 이유입니다

어머니

어머니 다녀가셨다
목 언저리에 돋은 혹 수술하고
흰머리 검은 물 들여 파마하고
무엇이 그리 바쁜 빈집
빈방을 며칠간 지키다가
며느리가 챙겨주는 용돈 몇만 원
미안하다 미안하다며 연신
떨리는 손으로 챙겨 담고
기차 타고 가셨다 고향으로
십 원짜리 고스톱을 치는
임대 아파트 경로당 친구들이
그리워, 그리움의 바깥에 선
낡은 아들 흔들리는 가슴을 밟고
어린 어머니 다녀가셨다

벌초

아버지, 죄송합니다
형님은 오지 못했습니다
돈 잘 못 번다고
그동안 해준 게 뭐냐고
이제는 이리 살지 않겠다며
도장만 찍어주라는
형수와 두 아이들에 치여
먼 중국으로 연변으로
소문과 우려 속으로만 떠돌던 형은
오지 못했습니다 아버지
마구 돌아가는 예초기를 맨 막내도
서툰 낫질로 마무리를 하는 저도
무거운 마음자락 여기저기
베어도 베어도 무성히 돋아나는
몹쓸 잡풀들, 어쩌지 못해
새우깡에 소주로 목을 축이고
절 한 자루만으로도 금세 따뜻해지는
핏줄의 온기를 나눠갑니다 아버지

돌아오는 추석에는 형제들
모두 함께 오겠습니다
안녕히 계십시오

봄소식

어머니와 아내가 외출 나갔다
간신히 발견한 식도암 말기 수술로
식도를 들어내고 위를 잘라낸 어머니
근 석 달 동안 멀건 미음 한두 수저로
하루하루를 때우던 칠순의 어머니
끎 끎, 온 삭신을 쥐어 비틀어
밭은 가래를 뱉어낼 때 말고는
한 점의 기력도 없이 나날이
졸아드는 팔다리 일어난 각질들
이불 옷 카펫에 폴폴 달라붙어
눈 흘기는 자식들이야 그러건 말건
소멸되는 것들은 다 홀로라는 듯
세상 무엇도 싫어 고개만 절래절래
피마자 씨알처럼 탱글탱글한 눈으로
속으로만 속으로만 파들어가던
어머니와 아내가 목욕을 갔다
창틀 가득 피어난 연둣빛 햇살,
눈이 다 환하다 봄님이 오셨다

미조로 갔다

아내가 미조로 갔다 먼 경상도 진주하고도
한참을 가야 당도한다는

풍경이 아름다워 발음도 고운 미조로 갔다
해바라기 앞치마 같던 아내가 아파

아쉬움에 속눈썹 떨리는 칠순의 시어머니
품 안에 어린 두 딸을 맡기고

자궁에서 자라나는 꽃버섯을 떼러 아기보를
들어내러 미조로 갔다

링거 사이사이 찍어내는 눈물에 치여
모처럼의 추렴여행을 지우고

겨울밤처럼 서성이는 사내를 두고 아내가
앞서서 미조로 갔다

그녀, 나비로 날다

날아가네. 만장 사이로 번져오는 햇살 칭칭 두른 몸뚱이 꽃가지 삼아 송이송이 피어오르는 흰 국화꽃들 사이로

반백의 에미 애비 어깻죽지에 앉아 철없는 남편에게 입 맞추고 어린 딸 아들의 눈자위에 한참을 앉았다가

짬짬이 전화통을 들고 중국집에 모여 수다 떨다 떠들다 황망히 흩어지던 여인네들의 손등 위에 앉았다가

외상값 다툼으로 발길 끊었던 정육점 슈퍼 아줌마 아저씨들 꾹꾹 찍어내는 눈까풀에 앉았다가

떠나가네. 돌아보면 저절로 이슬 돋아오는 그물망 촘촘한 날들을 새기며 후련한 날갯짓으로 훨 훨

금세 꼿꼿해진 삼베옷을 휘돌아 차오르는 봉분 위로 겨울 잔디들의 차고 푸른 눈을 바라보며 훨 훨

돌아보며, 사람들 사이로. 어허, 사람들을 두고, 훠 훠- 날아가네. 떠나가네. 눈 깜박할 사이, 마흔이었네.

마술

누구의 솜씨인가 팔십 평생
고향에서만 살아온 어머니와
마흔 중반을 넘어가는 아내가
시골집 텃밭에서 난 콩을 따다가
밤 열두 시 넘도록 까고 있다며
야근을 하는 내게 전화를 한다
내일은 어머니 여든두 번째 생일
상 차리러 간 아내의 음성이
경(經)처럼 도탑게 들린다 진정
누구의 마술이기에 천 리를 건너
어둔 밤 지나가는 기차에 실려
홀로 쓸려 가는 쓸쓸한 작업복까지
단숨에 이리 따뜻하게 하는가

낙화

그대는 내 안에 있어

호리병 너머 타오르던 노을은
모습을 지워

저문 꽃잎들 한 잎 두 잎
거둬들이네

탐스럽지 않게
천하지 않게

검은 뿌리 되작이며
봄밤을 맞네

꽃내음 분분히
쏟아져 내리네

달빛은 천천히

안겨드네

떠나간 그대,

그립지 않네

손길 내밀어 내장 깊숙이

절망의 수액을 만지네

따뜻하네, 그대는

내 안에 있어

스미는 환한 어둠에

잠긴 꼬리뼈처럼

그대는 내 안에 있어

복개천에서

귀 기울이면 들려온다. 사소한 일로 아내와 다투고 여름철 새처럼 복개천변 포장마차에 앉아 술잔 기울이는 밤, 슬리퍼 밑으로 흐르는 울음소리 실낱처럼 들려온다. 잘못했다 잘못했다, 손이 발 되도록 빌며 살아온 날들이 살아갈 날들에게 들이미는 자복의 칼날이 목젖 안에서 뜨겁다. 살아가는 일 다 그런 거지, 그런 거야 그런 거라며, 소주 한 잔 털어넣다 보면 비닐천막 사이로 하얀 별빛들이 쏟아져 들어온다.

적멸

적멸이란 말을 생각했다
한여름 대낮
자갈밭과 선로 사이
기차 바퀴 틈에 짓눌려
젖 먹던 힘 똥힘까지 짜내어 버티면서
흐릿한 눈으로
텅 빈 머리로
그대들이 시에서 노래에서
얼굴 없는 전향서에서 자주 내세우던
적멸이란 말을 생각했다
땀에 젖은 어금니
양 끝을 모아
한 파트의 작업을 마칠 즈음
생각해보니
그대들이 내세우는 적멸 앞에서
지금 내가 적멸해져 있는 것이 아닌가
적멸이란 소금꽃 같은 것인가
자꾸만 목이 말랐다

어머니의 추석

새벽 6시 대합실 문을 여니 국기게양대 아래 여자가 쭈그려 앉아 하얀 봉지빵을 먹고 있다. 목이 메인 듯 꺽꺽 하늘을 올려보며 삼키고 있다. 몇 시 차를 타느냐니까, 순천으로 가는 아홉 시 삼십 분 기차를 탄다고 한다. 한쪽이 시퍼렇게 부어오른 여자의 얼굴을 보며 왜 이리 빨리 나왔느냐고 묻지 않았다. 내일이 추석이기 때문이다. 보름달을 다 먹은 여자가 대합실 장의자에 누워 소리 없이 얼굴을 지우고 있다.

겨울 선로변

찬물로 어푸어푸 세수를 했는지
새하얀 속털 드러낸 겨울 선로변
키 작은 신호등 붉은 토끼눈으로
밤이 깊도록 아침 새도록
깜박깜박 귀 기울이고 있습니다
등 뒤에서 기다리는 만남을 위해
기척마저 지우라는 신호입니다
함부로 나서지 말라는 전언입니다
사랑이든 미움이든 때가 있으니
만나야 할 그날을 위해 손이 시려도
발목이 저려도 잠시 쉬었다 가라는
폭설처럼 깊은 수화(手話)입니다

겨울 아내

한가한 비번날 오후
스산한 겨울 날씨에 한 이불 아래 배 깔고 누워 책을 보다가 스미는 햇살이 따스해 슬슬 좇아가다 어깨를 마주치는 사람, 서로 웃으며 조금조금 물러나는 사람.

팍팍했던 젊은 시절
단칸 셋방의 연탄 부뚜막에서 자지러진 갓난아이를 안고 발 동동 구르다 마주 보인 얼굴 돌리던 사람, 술과 화투에 미쳐 떠돌던 사내의 얼굴에 쌍뺨을 날리고 노려보던 사람.

밤늦은 식당일 마치고
하루 종일 무료한 얼굴로 기다리는 사내를 위해 18평 서민아파트 초인종을 막걸리 병꼭지로 딩동딩동딩동 누르던 사람, 커오는 아이들 밑동 받칠 걱정에 코를 빠트리던 사람.

어느덧 눈자위 깊이
패인 잔주름을 짚으며 미용실을 할까 식당을 할까 머리를 굴리며 들춰보던 유리알 가계부를 덮다가 문득 드러난 내 어

깻죽지를 솜이불로 감싸오는

아득한, 이 사람.

새벽 편지

저는 잘 있습니다라고 썼다가 지우고
그럭저럭 견딜 만합니다라고 썼다가 지우고
요즘 들어 너무 힘듭니다라고 썼다가 지우고
줄줄이 지나가는 야간열차 환한 차창 너머로
문득 그대를 보았습니다라고 썼다가 지우고
그대를 사랑합니다 사랑하기에 이 아등 물고
먼 길을 가는 무개화차처럼 묵묵히 한세상
견디겠습니다라고 썼다가 지우고, 지우고
지우다가 망쳐버린 편지지 위로 망울망울
번져오는 쓰린 눈물 자국을 다시 지우다 보면
봉함엽서 같은 유리창에 새파란 압인을 받아
배달되어 온 새벽입니다 온몸으로 밤을 건넌
야래향나무들이 침침이 마른 잎을 떨궈
새 아침을 맞이하듯이 교대할 시간입니다
늘 멀리 있어 향기로운 그대, 무고하시길!

■ 해설

정념의 철도

이명원

박관서의 시를 읽으면, 끝을 모르고 길게 뻗어나가는 철로가 마음이라는 것을 알겠다. 강철로 된 궤도가 뜨거움과 차가움 모두를 품고 우리를 실어 날랐다는 것을 알겠다. 쇠와 시인의 마음이 긴밀하게 결속된, 운동하는 정념이 기차임을 알겠다. 우리가 몰랐던 철도의 정념, 기차의 마음이란 것. 시인 박관서에게 철도는 마음과 신체의 연장이자 그것의 상관물인 정념이다. 박관서의 시는 철도를 둘러싸고 있는 인간과 노동과 사랑에서 출발하여, 그것을 서정화하기도 하고 역사화하기도 한다. 그에게 기차와 철로와 인간이 교차하는 철도는 생활세계의 핍진한 노동의 장소이지만, 자아와 세계가 끌어안기도 하고 밀어내기도 하는 갈등하는 정념의 장이다. 이런 비유가 가능하다면, 그에게 철도라고 하는 공간은 기억과 정념을 가열차게 풀무질하는 가마와 같은 것이다.

가령 「시」라는 작품에서 "시를 쓰려는데/손이 떨린다"라는 표현을 만나면, 대개의 많은 독자들은 시작 행위의 경외감에 대해 상상하기 쉽지만, 그의 손이 떨리는 것은 "팍팍한 자갈밭을 뛰면서/달리는 기차에 매달려" 노동하는 현실의 긴장감 때문에 그런 것이다. 고된 생활세계의 노동과정 속에서, 이 철도원 시인은 "불꽃" 같은 "생각들, 느낌들/건져내어 글로 옮기"고자 하지만, 경험된 감각이 촉발한 시적 이미지들은 기차의 전진속도보다 더 빨리 휘발되기에 절망적인 것이다. 그러나 이 절망이야말로 미(美)적인 것이라고 나는 생각한다.

철도원이란 누구인가. 신문의 사회 면이 그를 노동자로 지칭할 때 철도원은 '임금노예'로 현상된다. 반면, 직선으로 쭉 뻗어나가고 있는 철도는 근대적 진보의 상징이다. 하지만 그것은 인간의 피와 눈물을 희생시킨 대지 위에 건설된 것이다. 그 고통에 즉자적으로 반응할 때, 그것은 사회적인 행동을 초래한다. 그러나 그 행동조차도 반성적으로 내면화하여, 들끓는 정념을 언어라는 분광기로 여과시킬 때 '임금노예'가 아닌 '미적 인간'이 탄생할 수 있는 것이다.

시인 박관서에게 "안전모 벗고 장갑 벗고 작업복 벗고" "책상에서 책상으로/전해 내려오는" 시쓰기의 고투란 임금노예에서 자유인으로 존재를 전이하는 마술적 기적을 가능케 하는 행위다. 그것이 마술적인 것은 이런 시작 행위를 통해서 노동의 고투가 즉각적으로 승화되기 때문이 아니라, 거꾸로 그것이 불가능하다는 것을 각성하는 행위로부터 시가 깊어지고 있기 때문이다. 그는 과거의 노동시인이 외쳤던 방식으로 "거북한 자본의 음모"를 고발하거나 분쇄하기를 직정적으로 촉구하지는 않는다. 그러면서도 그는 철도원을 둘러싸고 있는 생활세계가 구조화된 자본의 압력뿐만 아니라, 기계화된 노동의 압력이 자신의 시야를 협소하게 폐쇄시키고 있다는 사실을 자각하고 있다.

그와 나는 두 가지만 이야기한다

붉은 등
푸른 등

벌써 삼십 년이 흘렀다
기차가 지나갔다 그와 나의 등허리를 밟고
바람도 지나갔다

푸른 등
붉은 등

미안하지만,
그와 나는 같은 꿈을 꾸는 것이다

—「신호기」 전문

위의 시에서 "붉은 등"과 "푸른 등"으로 이원화된 신호체계는 기차의 전진과 정지를 지시하는 철도의 메커니즘인데, 그는 전진만을 희구하지도 반대로 정지만을 현실로 받아들이지도 않는다. 이항대립에 기반하고 있는 이러한 극도로 단순화된 신호체계는 사실상 역사화되고 실존화된 노동자의 단순화된 삶의 형태에 대한 은유인데, "벌써 삼십 년이 흘렀다/기차가 지나갔다 그와 나의 등허리를 밟고/바람도 지나갔다"라는 구절을 읽다 보니, "바람도 지나갔다"는 표현이 있어 이 시에 긴장감이 조성되고 있다는 것을 느끼게 된다.

철도원의 생활세계를 규율하고 있는 신호기는 삼십 년이라는 장구한 시간 속에서 일상과 역사에 대한 체화된 인식틀로 내면화된다. 가령 기차가 미래 쪽을 향하여 전진한다는 은유는 기차 안에 탄 승객 편에서 보자면, 명백한 역사적 전망을 향한 실존적 기투의 성격을 갖겠지만, 기차가 떠나간 자리에서 철도원이 확인하는 현실은 그 전진조차도 그대로의 역사적 진보로 수용될 수는 없는 것이다.

반대로, 철도원에게 모든 기차는 다시 돌아오고 다시 출발하는 시간의 어떤 악무한성을 상기시킨다. 내 식대로 읽어보자면 시인 박관서가 30년의 장구한 세월 속에서 변전했던 역사에 대해 바라보는 시각은, 낭만적이거나 의지적이기보다는 냉정한 현실주의자의 관점에서 그것을 껴안고 있는 듯하다. 하지만 "바람도 지나갔다"라고 말할 때, 그것은 그런 상황에 대한 시인의 어떤 탄식까지를 표현하는 셈인데, 이 탄식의 의미는 무엇일까.

「기차 에밀레」에서 "나는 먼 곳을 보지 못하네" "나는 가까이밖에 보지 못하네"라고 시인이 말할 때, 그것은 '전망주의자' 들이 시인을 향해 보내는 야유에 대한 어떤 자기화된 응답처럼 보인다. 그것을 단순한 반어(反語)라거나 체념으로 볼 수는 없다.

> 천 년 전에 누군가 그랬던 것처럼
> 천 년 후에 누군가 그럴 것처럼
> 나는 나를 걸었네 내 몸을
> 내 몸에 걸었네 제 몸의 무늬로만
> 기적 소리 둥그렁 둥그렁 울리며 나아가는
> 종소리가 되었네 그래 미안하네
> 나는 너무 멀리 나와버렸네
>
> —「기차 에밀레」 부분

"제 몸의 무늬로만/기적 소리 둥그렁 둥그렁 울리"겠다는 시인의 결의는, '너는 왜 먼 곳을 바라보지 않는가' 라는 외부로부터의 이데올로기적 추궁에 대한 방어논리이기도 하겠지만, 그 먼 곳의 이념화된 추상보다는 생활세계 저변의 명백한 현실 속에서의 내외적 고투를 필사적으로 자기화하고 반성하겠다는 것의 의지적 표현일 것이다. 붉은 등과 푸른 등, 이동과 정지를 반복하는 생활세계의 악무한적 리듬이 누적되게 되면, 그가 대면하고 있는 노동대상으로서의 철도뿐만 아니라 인간 역시 사물화와 소외를 경험할 확률이 높다. 그러나 반대로 시인은 사물화된 철도를 정념으로 충만한 '존재' 로 변형시켜 자신의 마음과 결합시킨다. 시인의 생활세계에서 선로와 기차, 그리고 인간은 정념의 화학변화를 통해 내밀하게 결속되는데, 그 결속감이 얼마나 크고 위대한지 그는 자신의 상황이 천 년 전의 에밀레종과 같지 않느냐고 말하고 있다. 기차와 시인의 마음이 습합되고 서로에게 번져간다.

우리들에게 전진하는 기차는 도구적 사물로 간주되지만 그것이 '사물'에서 '존재'로 전환될 수 있는 것은, 박관서의 시에서 기차의 몸과 인간의 몸이 상호 교섭하면서, 생활세계의 정념을 상호적으로 역사화하고 있기 때문이다. 시인이 발 디디고 있는 철도역 부근의 모든 장소들에는 인간과 기차의 상호 작용 속에서 분비된 에로스와 타나토스 모두가 혼효(混淆)되어 있다. 「몸의 족보」, 「기차 아래 사랑법」, 「6번선」, 「문」, 「송별식」 등 그의 많은 시에 나타나고 있는 철로 변 인간의 죽음으로부터 송별식에 이르기까지의 모든 사건들은 실존적인 동시에 역사적인 존재인 인간의 가열한 정념이 물질화되어 있는 장소가 철도임을 우리에게 보여준다.

> 5번선에 기차 들어온다. 가뭇가뭇한 새벽의 어둠이 통근열차 가득 실려오는, 선잠에 취한 사람들이 나박나박 입을 가리며 플랫홈으로 몰리던, 그런 아침이었을 것이다. 어디에서 날아든 것일까, 푸른 작업복 하나 허리를 꺾고 휘뚝 기관차 배장기 아래로 굴렀다. 표정 없이 가시 쇠못도 녹이는 철길의 뿌리가 되었다. 밤낮없이 천릿길을 오고 가는 기차의 내력이 되었다. 그러했다. 울렁이는 가슴 말고는 남길 것

도 기억할 것도 없는 그대들 김-모, 남-모, 박-모, 이-모
자갈밭에 남긴 몸의 족보들이 서로를 마주 보며 달리는 두
가닥 선로가 되었다. 볼펜 심지를 밀어 선로점검부 칸칸이
이상-무 이상-무 동그라미를 그리며 완행열차 지정선인 5
번선을 걷다 보면, 하얀 기적에 묻힌 안부들이 봄꽃 가지처
럼 불쑥불쑥 돋아난다.

—「몸의 족보」 전문

장인(匠人)들에게 그가 만들어낸 사물은 상품이 아니다. 장인들은 상품을 만들어낸 것이 아니라, 사물로 전락할 수 있었던 것에 '혼'을 불어넣은 것이다. 따라서 장인의 혼이 깃든 사물을 우리는 존재로 간주하는 것을 기묘하게 생각하지 않는다. 그런 사물에 깃들어 있는 장인의 집중된 정념 때문에 존재로 전환된 대상들 앞에서, 우리는 그것을 만들어냈던 장인적 정념에 대해 반추하는 일이 자주 있는 것이다.

누구도 흔하게 마주칠 수 있는 기차역의 선로 변을 지나면서, 거기에 혼이 깃들어 있다고 생각하는 대중들은 거의 없을 것이다. 일상을 사는 대중들은 선로 변을 막연하게 바라볼 뿐이며, 통과하거나 정차하고 있는 기차를 그저 하나의 기계화된 편리 혹은 도구화된 장치로 간주할 뿐이다. 우리는 명백하게도 철도의 '표면'만을 바라볼 뿐이며, 기차를 타고 내린다는 과정 자체의 기계화된 편리만을 생각하는 존재이기 때문이다. 철도와 대중의 관계는 잘 하면 낭만적일 수 있겠지만(떠남과 되돌아옴의 상투적 은유라는 점에서), 현실적으로는 차가운 비인격적 관계

로 나타나는데, 왜냐하면 우리에게는 그 이면에서 작동되는 인간의 노동과 정념을 발견해낼 수 있는 시야가 결핍되어 있기 때문이다.

불특정 다수의 대중들에게 '플랫홈'은 우리가 흔하게 나날이 경험하는 덧없이 지나가는 공간이 그렇듯 가벼운 긴장감을 불러일으키는 공간에 불과하지만, 동료의 죽음과 승객들의 비애와 자기 자신의 육화된 기억을 잘 알고 있는 철도원 편에서 보자면, 그곳은 실존적 장소이며 당연히 실존적 장소의식이 깃들어 있는, 일차원적 노동을 넘어서 있는 성소(聖所)이다.

박관서 시인에게 철도로 육화되고 상징화되어 있는 이 장소는 '잊을 수 없는 사람들'과 '잊어서는 안 되는 사람들'로 가득한 "몸의 족보"인 것이다. 잊을 수 없는 사람들과 잊어서는 안 되는 사람들이 다르다고 말한 것은 일본의 근대소설가 구니기다 돗포다. 우리는 인생을 살아가면서 스스로의 존재를 가능케 해준 부모라든가 선생, 그리고 벗들을 알고 있다. 이 사람들은 우리가 결코 '잊어서는 안 되는 사람들'이다. 박관서의 시에는 이렇게 잊어서는 안 되는 무수한 철도원들이 "김-모, 남-모, 박-모, 이-모" 등의 이름으로 호명되고 있다. 이 잊어서는 안 되는 동료들은 철도원의 노동과정 속에서 때로는 사고로, 때로는 자살로 그들의 삶을 선로 아래서 마친 사람들이다. 물론 이 "자갈밭에 남긴 몸의 족보들" 안에는 시인 그 자신의 기억도 기입되어 있다. 그 역시 "작업복과 무쇠 덩이로 뒤엉켜" 기차와 "또 하나의 사랑" 혹은 "부동의 결합"(「기차 아래 사랑법」)을 수

십 년 째 반복하고 있는 존재이기 때문이다.

이러한 부동의 결합이 단순한 임금노동일 리는 없다. 또 "6번선 캄캄한 선로를 베개 삼아 푸른 전호등을 옆구리에 켜들고 누"(「6번선」)워 자결한 동료들의 피와 정념이 서려 있는 장소가 단순한 임금노동의 공간일 리도 없다. 그곳은 '잊어서는 안 되는 사람들'의 해소되지 못하는 정념의 끌탕인지도 모른다. 그럼에도 불구하고 '지나가는 사람들'에게 이 장소의 실존적 역사성은 체험이나 인식의 영역으로 수렴되거나 육화되지 않는다. 그러니 지난해의 가열했던 철도파업 앞에서, 설사 그것을 국민적으로 지지했던 시민들의 담론이라는 것이 '민영화 반대'의 수준에서 뱅뱅 돌았던 것이다. 철도뿐만이 아니라 실상 우리들의 모든 노동의 장소에는 그런 실존적 역사성이나 장소의식이 "몸의 족보"로 서려 있다. 그런데 이 "몸의 족보"를 없는 것으로 간주하고 방부 처리하는 것을 당연시하는 것이 자본의 논리이자 지배의 책략이다. 철도원 시인 박관서는 그 책략의 허구성을 다만 낮은 목소리로, "나는 먼 곳을 보지 못하네"(「기차 에밀레」)라고 반어적으로 시치미를 뗌으로써, 노동의 심층에 육화되어 있는 인간의 정념과 실존에 대해 강력하게 암시하고 있는 것이다.

그러나 박관서의 시에 '잊어서는 안 되는 사람들'만 존재하는 것은 아니다. 가령 나는 그의 시에서 이런 '잊을 수 없는 사람들'이 등장하는 부분에 자주 눈길이 머물렀다.

새벽 6시 대합실 문을 여니 국기게양대 아래 여자가 쭈그려 앉아 하얀 봉지빵을 먹고 있다. 목이 메인 듯 꺽꺽 하늘을 올려보며 삼키고 있다. 몇 시 차를 타느냐니까, 순천으로 가는 아홉 시 삼십 분 기차를 탄다고 한다. 한쪽이 시퍼렇게 부어오른 여자의 얼굴을 보며 왜 이리 빨리 나왔느냐고 묻지 않았다. 내일이 추석이기 때문이다. 보름달을 다 먹은 여자가 대합실 장의자에 누워 소리 없이 얼굴을 지우고 있다.

—「어머니의 추석」 전문

역사에 근무하는 철도원이기에 아마도 그는 이런 사람들을 무수히 보아왔을 것이다. 새벽의 통근열차든 심야의 완행열차든 역사 주변에는 서로 다른 사연을 지닌 온갖 표정들이 가득하다. 그믐일 때도 보름일 때도 그들은 어김없이 기차를 타고 내릴 것이다. "새벽 6시 대합실"에서 시인이 조우한 여자는 우리 일상의 흔한 비극의 주인공일지 모른다. 그런데 그녀가 떠나가고도 아마 시인의 가슴속에는 어쩐 강렬한 '잔상'이 물결쳤을 것이다. 이름도 모르며 단 한 번밖에는 만난 적이 없음에도 불구하고, 그녀의 모습은 자신의 유년시절 어떤 기억과 연결되고 있음을 뒤늦게 확인했을 것이고, 그래서 제목을 "어머니의 추석"이라고 붙였을 것이다. 타자인 여성에게서 그는 자신의 모친의 과거를 끌어내고 연결시킨다. 어쩌면 그녀는 이 세상의 모든 서러운 여자의 상징일 수도 있겠다. 아마도 새벽녘 여자가 먹고 있는 "봉지빵"의 이름이 "보름달"이었을 텐데, 여자의 일생이 만월(滿月)로 충만한 게 아니라 그것을 갉아먹는 것에 다름 아니라는 공명과 탄식이 이 시에는 숨겨져 있다.

박관서의 시가 철도를 둘러싸고 있는 강한 금속성의 세계 속에서의 노동과 일상을 정념화하고 있음에도 불구하고, 반대로 그 시세계가 독자들을 향해 따뜻하게 개방되어 있을 뿐만 아니라 물활론(物活論)적 약동감으로 충만해 있는 것은, 이런 감정이입과 공감적 연대감이 세계 속에서 체화되어 있기 때문이다. 그곳에서 '잊을 수 없는 사람들'과 '잊어서는 안 되는 사람들'뿐만 아니라, 결코 잊을 수 없는 철도를 둘러싼 기억과 정념들이 은은하게 뿜어져 나오기 때문에, 그의 시를 전반적으로 통독하고 나서 느끼게 되는 전체적인 인상은 어떤 부드러운 살과 몸을 부비고 있는 듯한 감각의 마찰력이 도드라진다는 것이다. '부드러운 강철의 세계'라는 말은 물론 모순이지만, 박관서의 시 속에서는 살과 살이 서로를 주무르고 뒤섞이는 일이 인간과 기계 사이에서 쉬지 않고 반복되고 지속되고 변주되고 있다.

그렇게 '세계의 육체화'라고 표현해도 좋을 정도로, 그의 정념은 가 닿는 대상 모두를 부드럽고 풍부한 육체의 탄성으로 출렁거리게 만든다.

> 시를 쓰는 친구 녀석은
> 싱건지가, 송이눈 내리는 겨울밤
> 벌거벗은 여자의 희뭉한 살빛 같다고 했지만
> 아서라, 옴쓰라미 뜬눈으로 버틴
> 야근을 마치고 퇴근한 아침
> 쏟아지는 햇살을 커튼으로 가리고

허리께 올라타 노곤노곤한 어깨와 등허리
애써 주무르는 아내의 손목을 타고 스며드는
스리슬슬 두루뭉실 달착지근 수수무리
허랑무봉인 요 맛, 싱싱한 건지의 맛
몽유도원인지 아수라 지옥인지
여름인지 겨울인지를 따지지 않고
제 육신을 놀려 한세상을 익혀내는
알타리무 말간 몸에서 우러난
그 맛이더라 싱건지의 맛.

— 「싱건지」 전문

이 풍부한 육체의 찰진 탄성의 감각은 위에서 시화하고 있는 "싱건지"로부터 "선로"와 "기차" "신호기"를 거쳐 타인과 세계 모두에 이어진다. 그것을 세계에 대한 시인의 낙천성이라고 본다고 해서 틀린 지적은 아니겠지만, 그보다는 물과 소금과 제 몸을 뒤섞으면서 곰삭아가는 "싱건지"와 같은 시간의 온축(蘊蓄) 속에서 체화된 그의 경험적 인식의 개방성 때문에 그런 것 같다.

그래서일까? 고통에 대해서 말할 때조차, 그의 시선은 비통함으로 내려앉지 않고 "복수하듯이" 잔을 부딪치며 "거"해진다.

으슬으슬 몸이 춥다고
그의 아내가 문을 닫아주라 한다.
그가 섬에서 사온 삼치와 숭어회를
소주를 곁들여 맛있게들 먹는 자리에서
내 이번 달 월급 40만 원 받아왔지만

동지들 함께하니 괜찮지 괜찮아, 하지만
일근을 마치고 섬에서 오도가도 못해
집 생각 아이들 생각이 밀물 칠 때면
소주병 나발을 불며 바닷가에서
거지반 미쳐간다는 한통 노조원인 그의
은근슬쩍 젖어가는 눈시울을 걷어내며
어이, 몬테크리스토 백작. 거 관두고
술잔이나 받소. 자— 어이 받으란 마시.
말간 소주잔 주고받으며 큰 복수하듯이
사내들 서넛이 거한 술판에 젖어갈 때
이제 한 마흔이나 되었을까, 선창가
김공장을 다니는 그의 아내는 자꾸만
춥다며 문을 닫아주라 한다.

— 「문」 전문

위의 시에서 "자꾸만 춥다"는 "그의 아내"의 내면적 황량함은 아마도 노조활동으로, 형편없는 근무조건과 회사의 탄압 때문에 변변한 수입도 올릴 수 없는 처량한 "한통 노조원"의 마음과 그리 다르지 않을 것이다.

이 시를 읽으면서, 나는 그 풍경을 둘러싸고 있는 발설되지 않은 노동자의 내면적이면서 동시에 경제적인 절망의 밀도에 대해 생각해보았다. 그러면서도, 나는 이것이 숱한 역사의 비극과 고통 속에서도 민중들이 살아왔던 비극적 낙천주의에 대한 한 구체적인 시적 표현이라고 생각해보았다. 어떠한 미래에 대한 전망 없이 비틀거리며 "복수하듯이" 잔을 부딪친다는 것이

중요한 것이 아니라, 당신들은 고립되어 있지 않다, 우리와 연결되어 있다는 이 일상에서의 '연대감' 이야말로, 소외된 노동과 자본의 압력 속에서 인간이 자신의 본래성을 지키고 회복하는 부정할 수 없는 핵심적 근거였던 것이다.

박관서의 시에 재현되거나 묘사되고 있는 사람들은 목소리 큰 신념형이나 영웅형의 인물들이 아니다. "작업복"을 입으면 모두가 엇비슷해져서, 도무지가 철도원이라는 말을 제외하고는 그들의 내면적 정념과 개성을 식별할 수 없는 노동자들이 대부분이다. "김-모, 박-모" 하는 식으로 시인에게 호명되곤 하는, 그런 풀뿌리 민중들의 삶에 대한 정열과 노동과정에서 조우하게 되는 정념이 그의 시에는 과장되지 않게, 그러나 마치 잘 반죽된 효모처럼 부드럽게 발효되어 있다.

그는 이 시집의 제목을 "기차 아래 사랑법"이라고 명명하고 있다. 그는 기관사도 아니고 승객도 아니다. 그는 그들의 뒤에서, 혹은 "아래"에서 땀을 흘리며, 더 나은 세계를 향해 출발하는 기차를 배웅하고 증언하고 또 목격하는 '잊을 수 없는 사람들' 의 일원이다. 박관서를 통해서 비로소 저 차가운 금속성의 기차는 새로이 뜨거운 육체와 정념을 얻었다. 박관서의 시 속에서 기차는 과거처럼 직선적으로 앞을 향해 전진하는 역사의 은유 또는 추상이 아니다. 그의 시에서 기차는 선로와 신호기와 역사와 노동자와 승객들이 끝없이 교접하고 소통하는 '관계' 의 총체이다. 이 관계에 천착하는 시적 태도 때문에 박관서의 시는 '정념의 철도' 또는 '철도의 정념' 이라는 것에 대해 독자들로 하여금 진지한 감각과 사색의 대상이 되도록 만들었다. 그가 기차와 땀 흘리면서 사랑한 것의 결과로 출간한 이 시집을 읽다 보면, 독자들 역시 선로 변의 작은 잡초일지라도 실제로는 들끓는 정념 때문에, 바람에 이리저리 고개를 젓고 있다는 것을 알게 될 것이다.

李明元 | 문학평론가 · 경희대 후마니타스칼리지 교수